Vente du Lundi 8 Janvier 1866

OBJETS D'ART

ET DE CURIOSITÉ

DE LA CHINE ET DU JAPON

EXPOSITION PUBLIQUE :

Le Dimanche 7 Janvier 1866

Mᵉ Ch. PILLET, Commissaire-Priseur

MM. MANNHEIM, Experts

EXEMPLAIRE DE H. STETTINER

PARIS — IMPRIMERIE PILLET FILS AINÉ
5, RUE DES GRANDS-AUGUSTINS

CATALOGUE

D'UNE JOLIE RÉUNION

D'OBJETS D'ART

Et de Curiosité

DE LA CHINE & DU JAPON

Émaux cloisonnés, tels que : Vases, Brûle-parfums, Flambeaux,
Bols, Plateaux, etc;
Grands Vases japonais en porcelaine laquée ;
Vases en porcelaine de Chine, à décors émaillés ;
Brûle-parfums, Flambeaux, Vases, etc., en bronze ;
Meubles en laque ; Paravents ; Sculptures ; Objets variés

DONT LA VENTE AUX ENCHÈRES PUBLIQUES AURA LIEU

HOTEL DROUOT, SALLE N° 1

Le Lundi 8 Janvier 1866

A UNE HEURE ET DEMIE

Par le ministère de Me **CHARLES PILLET**, Commissaire-Priseur,
rue de Choiseul, 11

Assistés de MM. **MANNHEIM**, Experts, rue de la Paix, 10,

Chez lesquels se trouve le présent Catalogue.

EXPOSITION PUBLIQUE

Le Dimanche 7 Janvier 1866, de une heure à cinq heures.

CONDITIONS DE LA VENTE

Elle sera faite au comptant.

Les acquéreurs payeront, en sus des adjudications, *cinq pour cent*, applicables aux frais.

L'exposition mettant le public à même de se rendre compte de l'état des objets, il ne sera admis aucune réclamation une fois l'adjudication prononcée.

Paris. Imp. PILLET FILS AÎNÉ, rue des Grands-Augustins, 5.

DÉSIGNATION

DES OBJETS

Émaux cloisonnés

1 — Grand et beau vase, modèle balustre, décoré de dragons chimériques se jouant dans les flots, de fleurs et d'ornements divers; le tout émaillé de belles couleurs variées sur fond bleu turquoise.

Ses anses en bronze doré sont formées de têtes chimériques à anneaux mouvants. Socle en bois sculpté. Haut., 50 cent.

2 — Jolie cassolette en émail cloisonné, à panse sphérique, décorée de fleurs émaillées en couleurs sur fond bleu turquoise. Elle repose sur trois pieds en bronze doré à têtes chimériques; ses anses en forme d'S sont émaillées en partie. Son couvercle est orné d'une frise en bronze doré découpée à jour, surmontée d'une double zône d'émail cloisonné servant de base au bouton de bronze doré. Socle en bois sculpté.

3 — Deux cornets à panses renflées, en émail cloisonné à fleurs en couleurs sur fond bleu turquoise et décorés de palmettes émaillées rouge sur fond vert. Socle en bois de fer.

4 — Deux flambeaux à larges plateaux, décorés dans toutes leurs parties de fleurs et d'ornements émaillés en couleurs sur fond bleu turquoise. Socles en bois de fer.

5 — Pagode chinoise avec socle et pavillon en émail cloisonné à fleurs et ornements, reliés entre eux par des colonnettes en bronze. A l'intérieur se trouve une figurine de chinois assis, en pâte, décorée au naturel.

6 — Brule-parfums de forme sphérique, à couvercle en émail cloisonné à fleurs et ornements sur fond bleu turquoise. Ses pieds, ses anses et le bouton de son couvercle sont en bronze et représentent des animaux chimériques. Socle en bois sculpté.

7 — Vase en forme de balustre renversé et à goulot très-étroit, en émail cloisonné à fleurs de couleurs sur fond bleu turquoise. Socle en bois sculpté.

8 — Cafetière de forme orientale, et à couvercle, en émail cloisonné à fleurs et ornements en couleurs sur fond blanc, avec zônes réservées en bleu, rouge et vert. Son anse et son goulot sont en cuivre poli. Qualité très-ancienne.

9 — Cafetière analogue à celle qui précède et pouvant lui

faire pendant. Elle est décorée de fleurs et d'ornements émaillés en couleurs sur fond bleu turquoise et sur fond blanc alternés.

10 — Deux porte-allumettes appliques en forme de vases en émail cloisonné à fleurs et ornements sur fond bleu turquoise et enrichis de plaques de jade incrustées, portant des caractères gravés et dorés. Leurs anses en bronze doré sont formées de dragons découpés à jour.

11 — Très-joli petit vase à parfums de forme carrée, à gorge évasée, reposant sur quatre pieds cintrés et à une anse reliant la panse à la gorge du vase. Il est décoré dans toutes ses parties d'ornements émaillés en couleurs sur fond bleu turquoise et sur fond bleu foncé alternés.

12 — Petit vase en forme de bouteille, décoré de fleurs émaillées de belles couleurs variées sur fond bleu lapis. Belle qualité ancienne. Il repose sur un pied en émail cloisonné avec parties réservées en bronze.

13 — Petit vase à panse sphérique et à gorge évasée en émail cloisonné à fleurs et ornements en couleurs sur fond bleu turquoise

14 — Deux jolis bols à bords évasés, décorés extérieurement de fleurs et d'oiseaux, émaillés en couleurs sur fond bleu turquoise et intérieurement, de poissons et d'animaux fantastiques émaillés en couleurs sur fond blanc et sur fond bleu alternés.

15 — Vase de forme surbaissée, décoré de fleurs émaillées en
couleurs sur fond bleu turquoise.

16 — Petit bassin de forme ronde, décoré intérieurement et
extérieurement de fleurs, d'oiseaux et d'ornements émaillés en couleurs sur fonds blanc et bleu alternés.

17 — Petit Sceptre ou bâton de commandement, émaillé sur
ses deux faces de fleurs et d'ornements en couleurs sur
fond bleu turquoise.

18 — Tasse et soucoupe, décorées intérieurement et extérieurement de fleurs et d'ornements émaillés en couleurs sur
fonds blanc et bleu alternés.

19 — Deux pièces en émail cloisonné : boîte de forme ronde
et plate, et plateau rond décoré intérieurement et extérieurement de fleurs et d'ornements.

20 — Deux autres pièces : Petite boîte de forme contournée,
et encrier, décorés de fleurs et d'ornements émaillés en
couleurs.

21 — Petite table-support reposant sur quatre pieds et à gale-
rie en émail cloisonné découpée à jour.

Porcelaines

22 — Grand vase, modèle balustre, en porcelaine du Japon, laquée noir et or, avec parties réservées en blanc. Sur socle en bois laqué noir et or.

23 — Deux vases à gorges évasées, à deux anses, en porcelaine du Japon, à décor bleu sur blanc, et médaillons laqués or et couleurs sur fond noir, représentant des chevaux, des coqs et des fleurs. Sur socles en bois laqué noir et or.

24 — Deux autres grands vases de même porcelaine, à deux anses, fond laqué noir à dessins d'or, et parties réservées décorées en bleu sur blanc. Sur socles laqués.

25 — Jardinière en porcelaine du Japon laquée noir, à dessins d'or et oiseaux et rubans, décorés en bleu sur blanc. Sur socle en bois laqué noir et or.

26 — Vase de forme ovoïde, à deux anses et couvercle, en porcelaine du Japon laquée noir et or, avec fleurs réservées en blanc et couleurs. Sur socle en bois laqué noir et or.

27 — Vase en forme de balustre, à deux anses, en porcelaine de Chine fond bleu d'empois, à fleurs, papillons, et ornements en relief réservés en blanc. Il repose sur un socle laqué noir et or.

28 — Deux vases de forme cylindrique, en porcelaine de Chine, à médaillons de personnages et à bordures de fleurs émaillées en couleurs sur fond bleu.

29 — Vase de même forme en ancienne porcelaine de Chine, décoré de personnages et de cavaliers finement émaillés en couleurs.

30 — Vase de forme droite en porcelaine de Chine, décoré de figures dans un paysage, émaillés en couleurs.

31 — Vase en forme de potiche, en ancienne porcelaine de Chine, décoré d'animaux fantastiques et de fleurs émaillés en couleurs.

32 — Deux tabourets de jardin, en porcelaine de Chine, à fleurs et ornements réservés en blanc sur fond bleu.

33 — Théière et son réchaud, en poterie de Satsuma, à décor de fleurs et d'ornements émaillés en couleurs, et rehaussé d'or sur fond blanc.

34 — Petit vase en forme de balustre renversé et à goulot étroit, en porcelaine de Chine, décoré d'ornements et de fleurs émaillés bleu sur fond jaune.

35 — Vase en forme de bouteille, en porcelaine de Chine, décoré de fleurs et d'ornements émaillés en couleurs sur fond blanc.

36 — Petit vase de forme surbaissée, en porcelaine de Chine, décoré de dragons à cinq griffes et d'ornements émaillés jaune sur fond rouge.

37 — Joli plat en ancienne porcelaine de Chine, décoré d'un sujet fantastique émaillé de couleurs variées.

38 -- Deux écrans de forme ronde, en porcelaine de Chine, décorés de sujets de personnages émaillés en couleurs. Monture en bois sculpté.

39 — Écran de forme carrée, analogue à ceux qui précèdent.

40 — Deux plaques d'écran de forme ronde en porcelaine de Chine, à décor de personnages.

41 — Trois pièces : Petit vase émaillé vert émeraude, petite cassolette en porcelaine craquelée, et vase de forme sphérique émaillé bleu d'empois.

42 — Groupe de deux personnages en porcelaine de Chine : Enfants debout; l'un tient une branche de fleurs, et l'autre une boîte ovale fermée.

43 — Cinq petites plaques d'écrans en porcelaine de Chine, à décor de personnages émaillés.

44 — Deux petits plateaux de forme carré-long, en porcelaine de Chine, à figures émaillées.

45 — Trois pièces : Flacon-tabatière et deux petits plateaux
en porcelaine craquelée, à décors réservés en bleu.

46 — Six tasses avec soucoupes en porcelaine craquelée de la
Chine et décors émaillés.

47 — Quatre groupes et figurines diverses en terre peinte.

Bronzes

48 — Joli vase, modèle cornet à six pans, en bronze doré du
Tonkin, à médaillons finement ciselés en relief. Socle en
bois découpé à jour.

49 — Grand brûle-parfums de forme sphérique à deux anses
surélevées en forme d'S; il repose sur trois pieds à têtes
chimériques, et son couvercle est surmonté d'un animal
fantastique. Bronze chinois.

50 — Brule-parfums analogue à celui qui précède, mais plus
petit; son couvercle est découpé à jour.

51 — Deux grands vases en forme de cornet carré, en bronze
à ornements en relief sur la panse et à arêtes découpées à
jour aux angles.

52 — Deux vases analogues à ceux qui précèdent, mais plus
petits.

53 — Deux vases, modèle balustre, à deux anses et anneaux mouvants, enrichis d'ornements en relief. Bronze chinois.

54-64 — Quatorze cassolettes ou brule-parfums en bronze, de diverses formes et dimensions qui seront vendus séparément.

65 — Vase en forme de balustre carré à deux anses, têtes chimériques et anneaux mouvants. Bronze chinois.

66 — Très-grand vase en forme de cornet carré, à panse renflée et ornements en relief et à deux anses, têtes chimériques.

67-68 — Deux paires de flambeaux en bronze, à large plateaux carrés, enrichis d'ornements en relief.

69 — Flambeau analogue à ceux qui précèdent, mais plus grand.

70-72 — Quatorze cornets, de forme ronde et carrée, en bronze, de diverses dimensions. Ils seront vendus par lots.

73 — Jolie cassolette de forme basse, reposant sur trois pieds et à deux anses surélevées. Bronze chinois muni d'une belle patine rouge clair, avec taches d'or.

74 — Trois flambeaux en bronze; l'un d'eux est formé par un personnage debout; un autre par une figure accroupie; le troisième est à trépied.

75 — Figure de divinité assise, en bronze. Cette pièce a con-
servé des traces de dorure.

76 — Deux cassolettes en forme de fruit, reposant sur des
plateaux forme feuille.

77 — Deux coupes rondes, ornées de dragons en relief et reposant sur des pieds formés de branches de fruits. Bronze
japonais.

78 — Plateau carré, reposant sur un support à quatre pieds.

79 — Deux vases à larges plateaux ronds, à ornements en relief.

80 — Trois corbeilles de forme ronde et basse, imitant l'osier.
Bronze sans patine.

81-88 — Vingt-cinq pièces diverses en bronze, telles que :
vases, cornets, coupes, brule-parfums, etc., qui seront
vendues par lots.

Objets divers

89 — Joli pitong en ivoire ; le pourtour présente cinq figurines dans diverses attitudes et jouant au collin-maillard,
finement sculptées. Cette pièce est rehaussée de parties
laquées en or et repose sur un pied en bois laqué or et
enrichi de pierres diverses incrustées. Travail japonais.

90 — Sabre japonais, à fourreau laqué et poignée garnie en fer damasquiné.

91 — Deux petits sabres japonais; l'un d'eux est accompagné de son petit couteau.

92 — Un jeu de quatre petites tables en laque noir à décor d'or.

93 — Deux tables à jouer en laque noir et décor d'or.

94 — Petit cabinet japonais en bois naturel laqué, à oiseaux en relief argentés.

95 — Autre petit cabinet japonais, avec décor d'or et burgau; les portes en osier sont enrichies de broderies.

96 — Deux grandes bordures en bois sculpté à figures et fleurs découpées à jour. Elles renferment cinq tableaux peints sur papier de riz.

97-98 — Quatre tableaux analogues à ceux qui précèdent, mais plus petits. Ils seront vendus par paire.

99-102 — Quatre albums peints sur papier de riz. L'un d'eux représente les divers supplices de la Chine; un autre des bouquets de fleurs; le troisième des oiseaux, et le quatrième la culture séricicole.

103 — Environ vingt rouleaux peints sur papier, représentant divers sujets. Ils seront vendus par lots.

104 — Grande racine de bois, représentant un groupe de personnages divers sculptés en ronde-bosse.

105 — Paravent à six feuilles, représentant un paysage avec figures. Monture en laque noir.

106 — Autre paravent à six feuilles, représentant un paysage avec figures et oiseaux. Monture en laque noir.

107 — Petite boîte de forme carré-long en laque de Pékin, avec décor noir en relief sur fond rouge.

108 — Deux pièces : Petite coupe en corne sculptée, avec fleur et crabe à l'intérieur, et porte-allumettes en pierre de lard, sculptée à dragons en relief.

Tapis et Étoffes

109 — Très-grand tapis de table en drap jaune brodé à fleurs, oiseaux et papillons en soies de couleurs.

110 — Robe de chambre en soie jaune orangé, ornée de dragons et d'ornements brodés en soies de couleurs et or.

111 — Autre robe en soie blanche richement brodée, à dragons à cinq griffes en soies de couleurs et or. Elle est

doublée en satin rouge et garnie à sa partie inférieure de passementerie de couleurs.

112 — Robe non faite en satin jaune d'or, avec dragons à cinq griffes et ornements brolés en soies de couleurs et or.

www.ingramcontent.com/pod-product-compliance
Lightning Source LLC
LaVergne TN
LVHW010849180726
843502LV00009B/3803